작가의 탄생

작가의 탄생

유진목 시집

민음의 시 275

민음사

니는 네가 살았으면 좋겠다.

2020년 가을
유진목

차 례

1막

작가의 탄생

1.

나의 총은 1980년에 마지막으로 발사되었다. 총알은 배한가운데 정확히 왼편의 삼 분의 일 지점을 뚫고 나갔다. 그 일로 나는 집을 치우느라 애를 먹었다. 뭉근해진 내장이 배를 타고 흘러내렸고 한동안은 그것을 두고 어떻게 해야 할지 알 수 없었다.

늙은 개는 냄새를 맡고도 금방 일어서질 못했다. 먹으면 안 돼. 그럼 우린 함께 살 수 없어. 나의 개는 그럼에도 쏟아진 내장을 몇 점 주워 먹었다.

2.

나는 아이를 가졌고 이듬해 3월 셋째 날부터 진통이 시작되었다. 나흘을 앓다 죽은 아이를 배 속에서 꺼내어 묻고 아침이 올 때까지 엎드려 울었다.

3.

나의 아이는 불행히 살겠지만 언젠가 스스로 불행을 극복할 것이라 생각했다. 나를 닮아 사람을 멀리하고 늙은 개를 아끼면서 언제까지나 함께 살 수 없다는 것을 알았을 때 상처받을 것도 생각했다.

아이에게 줄 수 있는 것은 집 한 채와 총 한 자루가 전부였다. 마당에는 먹을 것이 있었고 언제든 그것 때문에 위험해질 수 있었다. 나는 창문 옆에 몸을 숨기고 총을 겨누는 법을 알려 줄 것이었다.

얼마간 시간이 흐른 뒤에는 혼자 생각한 것을 적을 수 있도록 글을 가르치고 나는 늙은 개를 앞세워 세상을 떠날 것이었다. 그러면 아이는 한번은 나와 같이 개를 묻고 또한번은 혼자서 나를 묻고 나처럼 엎드려 울 것에 가슴이 아팠다.

4.

그러나 나에게는 아이가 쓴 글을 읽을 수 있을 거라는 희망이 있었다. 내가 얼마나 많은 사람을 죽이고 살아남았는지 아이에게는 말하지 않을 것이었다. 너에게 주는 총이 네 아비를 죽인 총이라는 것도 말하지 않을 것이었다. 하지만 너를 만나고 싶어서 남자를 집에 들인 일은 말할 것이었다. 아이는 나를 증오하고 때로 내가 죽인 남자를 그리워하며 잠들지도 몰랐다.

어쩌면 나나 내가 죽인 남자에 대해서 아무런 관심이 없을지도 몰랐다. 늙은 개를 사랑해서 나보다 사랑해서 이 집에서 나는 아무것도 아니게 되는지도 몰랐다. 그러면 우리는 아무 말도 하지 않는 날들과 아무 데도 가지 않는 날들을 견디며 한집에서 살아갈 것이었다. 아이가 더 이상 나를 견딜 수 없는 날에는 나에게 총이 있다는 것을 생각하면서 하지만 아이가 엉망이 된 집을 치우지 않아도 되도록 밖으로 나가 방아쇠를 당길 것을 생각하면서 나는 매일같이 마지막인 날들을 살아갈 것이었다.

5.

늙은 개는 그것이 무엇인지 모르고 그랬을 것이다. 나는 마당의 남자가 배를 채울 때까지 창문 옆에 서서 기다렸다. 그런 뒤 문을 열고 잠시 들어오겠느냐고 물었다. 남자는 더러운 발로 집에 들어와 내가 가진 것들을 살펴보았다. 앞으로의 날들에 기대를 품는 것 같았다. 멍청한 사람들이 그렇듯 남자는 쓸데없는 말들을 늘어놓기 시작했다.

그가 헐떡이는 동안에는 잠자코 누워 있었다. 나의 아이는 불행히 살겠지만 스스로 불행을 극복하고 자신의 생각을 글로 쓰는 사람으로 자라날 것이다.

어쩌면 나를 죽이고 늙은 개와 사랑하며 살아가는 것도 좋았다.

그리하여 총알은 배 한가운데 정확히 삼 분의 일 지점을 뚫고 나갔다. 늙은 개는 미지근한 내장을 몇 점 주워 먹고 부엌으로 돌아가 잠이 들었다.

6.

나의 총은 1980년에 마지막으로 발사되었다.

아이는 무럭무럭 자라나 글을 배우고 어느 날 문을 닫고 들어가 자신이 생각한 것을 오래도록 쓰고 있다. 나도 늙은 개도 죽지 않고 맞이하는 어느 아름다운 날의 일이었다.

파로키

내게는 파로키가 있어
혼자여도 어떻게든 살아갈 수 있었다.

파로키가 있는 동안에 사람들은
내게 얼씬도 하지 않았다.

나는 파로키와 살면서

평화가 무엇인지
공포가 무엇인지

그럴 때 어떻게 상대를 응시하는지
어떻게 상대의 입을 다물게 하는지

어미를 보고 따르는 새끼처럼
하나씩 배워 나갔다.

파로키가 늙고 병이 들어
내 손으로 파로키를 땅에 묻을 때

사람들은 그것을 알고
나를 죽이러 올 것이다.

나는 파로키와 함께 살고
나는 파로키와 함께 죽고

푸른 눈 파로키가 내 앞에 나타났을 때
나의 살고 죽는 것을 보았다.

그로부터 나는 파로기와 힘께
숲으로 들어가
파로키가 먹을 것을 구하러 다녔다.

하루 한 번
그렇게 좋기만 한 시간이

둘이서 사랑하는 저녁이 올 때

소리 없이 숲을 걷고
때때로 가여운 짐승을 발견하고

파로키가 고개를 젓거나
파로키가 고개를 끄덕이면

나는 파로키의 목줄을 놓고
파로키가 걸어가는 뒷모습을 바라보았다.

그것은 사람이 없는 삶

사람은 사람끼리 모여
파로키를 죽여야 한다고
입을 모아 선동하는 삶

나는 파로키와 사는 것이
사람과 함께일 때보다 좋았다.

파로키가 없으면

저 여자는 아무것도 아니다

파로키가 아니면

저 여자는 혼자서 살 수 없다

작정하고 몰려와 나를 둘러쌀 때
푸른 눈 파로키는 그들이 살고 죽는 것을 보았다.

사람들은 가질 수 없는 것을 없애려 하고
나는 파로키의 목줄을 놓고

파로키가 사람들을 향해 걸어가는 뒷모습을 바라보았다.

그러니 여기에 파로키를 본 사람이 있는지
이제는 묻지 않을 수 없다.

사람들은 저마다 자신이 아는 파로키에 대해 말한다.

첫째, 파로키는 우리와 다르고

둘째, 파로키는 위험하다

셋째, 파로키는 불안의 근원이며

넷째, 파로키는 분열의 씨앗이다

그사이 파로키는 소리 없이 사람들 사이를 걸어다녔다.

작가의 탄생

어느 날 아버지가 말했다. 네가 네 삶을 끝내고 싶다면 얼른 끝내는 것도 좋아. 미련이 없다면 말이다. 이부자리가 늘 깔려 있는 방에서 아버지는 한쪽 무릎을 펴고 앉아 신문을 보고 있었다. 물 좀 다오. 아버지는 바닥에 펼친 신문을 한 장 넘기며 말했다.

미련이라면 나에게 있는 것도 같고 없는 것도 같았다. 잘 모르겠어요 아버지. 아버지는 천천히 물을 마셨다. 한 잔 더 다오. 나는 신문에 적힌 몇 개의 문장을 읽다가 그 방에서 나왔다.

이렇게 살 바에야 아버지는 죽는 것이 낫다는 것이다. 그런 다음 다시 시작해야지. 어머니는 아침 일찍 나갔는지 집에 없었다. 나는 식탁 위에 빈 물컵을 올려 두고서 그대로 집을 나왔다.

어머니는 절대로 아버지와 같은 사람이 되어서는 안 된다고 여러 번 당부했었다. 거리에는 매일 똑같은 사람들이 쏟아져 나왔다. 모두 어떻게 살고 있을까. 혹시 아버지가 돌아가신 것은 아닌지 아니면 그저 내가 그리워서인지 어머니가 나를 찾는다는 소식이 있었지만 다시는 집에 돌아가지 않았다.

잠이 오지 않는 밤에는 언제까지나

식탁 위에 올려 둔 물컵이 있고

빈 잔에 물을 채우다 나는 잠이 든다.

다른 삶이 아주 마음에 드는구나

어느 날 아버지라는 자가 나타나 내게 말했다.

미시령

1.
아버지를 만나러 가는 길에 눈이 내렸다.

아버지, 나 결혼해요
그 말을 하려고 왔어

아버지는 온다던 시간에 오지 않았다.

나는 조그만 스푼을 두어 번 젓다가 내려놓고
창밖의 쏟아지는 눈을 바라보았다.

화분들은 직접 키우신 거예요?

새로 찻잔을 내려놓던 여자가 물끄러미 나를 바라보았다.

여기 매일 온다는 남자가 있다고 해서요

카운터에는 담배가 있어 가느다란 연기를 말아 올리고
여자는 홀을 둘러보며 한동안 말이 없었다.

네가 그년이구나

아버지는 오지 않을 거다

나는 그러고도 한참을 구석에 앉아 있었다.

2.
언젠가 아버지를 만나러 가는 길에도 이렇게 눈이 내
렸다.

이번이 몇 번째일까.

눈발은 점점 더 거세지고
온다던 아버지는 오지 않고

창밖에는 이제 막 도착한 내가
외투의 눈을 털어 내며 서 있다.

여기야

내가 나를 알아볼 수 있도록 나는 손을 들어 보였다.

마침내 문이 열리고,
저 왔어요 어머니

곧이어 문이 닫히고,
세상에 너무 춥다

어머니라는 사람은 나의 등을 여러 차례 쓸어내렸다.
그러게 오지 말라니까

나는 어머니와 내가 서로 보듬는 모습을 바라보았다.

손님이 없어서 어떡해요
그러게나 말이다 어서 눈이 그쳐야 할 텐데

우리 그만 집에 가요 아버지가 기다려
그래 그러자꾸나 아버지한테 가자꾸나

찻집의 불이 차례로 꺼지는 동안에
나는 구석에 놓인 화분과 같이 앉아 있었다.

어머니와 나는 밖으로 나가 문을 잠그고
문을 흔들어 잠긴 것을 확인하고

눈발이 몰아치는 길을 끝으로 사라졌다.

3.
아버지를 만나러 가는 길에는 언제나 눈이 내렸다.

아버지, 나 결혼해요
그 말을 하려고 왔어

식은 올리지 않겠지만 남자가 있어요

좋은 사람이에요

나는 가파른 국도 변에 차를 세우고 담배를 한 대 피
웠다.

내가 너를 사랑하지 못해서 미안하다
아버지는 나를 향해 말한다.

나도요 아버지를 사랑하지 못해서 미안해요
나 또한 아버지를 향해 말한다.

그 후로도 오랫동안 아버지는 오지 않았다.

미시령

몇 개의 터널을 지나 아버지를 발견했을 때
아버지는
평생을 걸어 이곳에 온 것 같았다.

눈 덮인 도로에 다리를 끌며
아버지는
오늘 본 것을 아무에게도 말해서는
안 된다고 했다.

한참을 찾고
한참을 기다렸는데

여기가 어딘지
언제인 것인지
아버지는
모르는 것 같았다.

방금 네 엄마를 묻었다
일찍 왔으면 너도 도왔을 것을

아버지는
곱은 손을 내밀어
헤드라이트에 스치는 눈발을 어루만졌다.

아버지
아버지 얼굴에
뭐가 묻었어요

나는 손을 뻗어 김이 서린 유리를 닦았다.

무엇이든 잊지 않으면
너도 나와 같이 되고 말 거다

아버지의 눈꺼풀은 얼어붙은 것처럼
떨어지지 않았다.

엄마가 계속
너에게 계속

연락한 것을 알고 있지

하지만 너는 혼자 생겨난 것처럼 살고 있더구나

아버지의 눈은 검게 패이고
몸에서는 푸른 김이 새어나왔다.

아버지
우리가 함께였을 때
사람이었던 것을
잊지 않고 있어요

그사이 흐려진 유리를 닦아
아버지가 나와 같이
거기에 있도록 했다.

아버지의 얼굴은 차고
매끄럽고
젖어 있었다.

살던 대로 사는 것이 너를 이 땅에 살게 할 것이다

나는 천천히 차를 움직여 한참을 달려갔다.

파로키

내가 도착했을 때는 이미
흙은 전부 파헤쳐지고
몸통만 겨우 남아 있었다.

잘 좀 묻어 주지

이 일로 나는 길게 운 적이 있다.

제발 깨어나게 해 달라고
꿈이게 해 달라고

소용없는 울음이었다.

아버지가 하는 일은 늘 그랬다.

그것이 아버지였다.

네가 엄마를 먹었니?

내가 파로키를 본 것은 그때가 처음이었다.

작가의 탄생

도시에서 새를 구한 적이 있다.

처음에 새는 죽은 것처럼 보였다.

도시에는 다시 돌아가지 않을 것이다.
새는 정신을 잃은 것 같았고

도시는 무엇이든 많은 것을 요구하는 곳이었다.
가진 것을 다 주어야 도시에 겨우 있을 수 있었다.

나는 손바닥으로 새를 감싼 채 붐비는 보도를 걸어갔다.

새를 만져 본 것은 처음이었다.

그리고 3년 뒤 나는 도시를 떠나게 된다.

거기서 새를 구한 걸 아는 사람은 아무도 없었다.

여기 나한테 새가 있어요

큰 소리로 말하고 싶었다.

마지막으로 도시를 떠날 때
내가 가진 것은 삼백만 원이 전부였다.

아버지가 사는 곳은 달에서 가깝고
원하면 언제든 달로 옮겨 갈 수 있었다.

아버지를 보려면 아버지가 있는 곳으로 가면 되었다.

어머니는 도시에서 아버지를 기다리며 살았다.
그렇게 하는 것이 어머니에게 좋았다.

그때 나는 내가 죽어도 아무도 모를 거라고 확신했다.

아버지는 혹시 알았어요?
내가 오랫동안 비참하고 아무것도 아니었다는 것을

새가 날아갈 때 나는 끝까지 새를 놓치지 않으려고 했다.

멀리서 달이 빛나고 있었다.

인간은 머리를 조아리며 죽음에게로 간다

엄마 하고 부르면 저편에서 대답한다 유진아 엄마야 사
랑하는 딸

엄마는 나를 먹이고 씻기고 재우고 있다.

엄마 하고 부르던 시절에

엄마는 젊고
나는 어리고

엄마는 교회에 가서 돌아오지 않고 있다.

엄마는 불행하고
나는 돕지 못하고

사랑이 무언지는 당연히 알지 못하고

신은 엄마를 돌려주지 않았다.

내가 신에게 기도할 때
신은 나에게 묻는다.

인간은 이걸 무어라 부르지?

엄마

신은 다른 쪽을 가리키며 묻는다.

인간은 이걸 무어라 부르지?

엄마

나는 신에게 대답하려고
이 시를 쓴다.

한밤중에 엄마는 문을 두드리며 말한다

아가 엄마야 문 좀 열어 다오 엄마가 해 줄 말이 있어
왔어

내가 여기 있는 걸 아는 사람은 나뿐인데

아가 엄마야 문 좀 열어 다오 밖은 너무 춥구나

내가 여기 있는 걸 아는 사람은 나뿐인데

아가 엄마야 문 좀 열어 다오

내가 여기 있는 걸 아는 사람은 나뿐인데

아가 엄마야

내가 여기 있는 걸 아는 사람은 나뿐인데

아가

내가 여기 있는 걸 아는 사람은 나뿐인데

로스빙

당시 우리 집은 살구 킬로미터 떨어진 곳에 있었다. 걷기엔 멀고 자전거를 타기엔 알맞은 거리로 나는 매일 저녁 자전거를 타고 살구 킬로미터를 달려서 갔다.

로스빙은 자전거의 왼쪽과 오른쪽을 번갈아 달리면서 해가 지는 저녁을 돌아 나와 함께 집으로 오곤 했다.

로스빙은 꿈에서 온 개였다. 그날 아침 잠에서 깨어났을 때 로스빙은 머리맡에 앞발을 세우고 앉아 나를 보고 있었다.

나는 현관에 등롱을 걸어 문간을 밝히고 아버지의 장례를 치르는 중이었다.

아버지가 도착했을 때 어떠세요 아버지 마음에 드세요 하고 물었다. 아버지는 등롱이 아니었으면 못 찾았을 거라고 했다. 그러고는 더 말이 없었다.

나로서는 최선을 다한 것이었다. 아버지를 사랑하지 않았지만 그래도 집에서 작별하고 싶었다. 달리 올 사람도 없고 그러는 편이 아버지에게도 좋았다.

문밖에 개가 있기에 아버지의 개냐고 물었다. 아니다. 아무리 쫓아도 따라오더구나. 나는 현관에 나가 집에 들어올 것인지 물었다. 로스빙. 개는 자신의 이름이 로스빙이라는 것을 내게 알려 주었다.

아버지는 며칠을 머무르고 집을 나섰다. 그사이에 텔레비전 드라마를 보거나 수첩에 적힌 전화번호를 찾거나 볼펜으로 글자를 적고 밑줄을 그었다. 누군가와 이야기를 할 때도 있었는데 그럴 때면 조용히 방문을 닫았다. 아버지 말고는 내게 보이지 않았다.

나는 등롱을 내려 다시는 아버지가 찾아오지 못하게 했다.

아버지가 살아 있을 때 얼마나 곤란했는지 모르죠 아버지가 없는데 아버지가 살아 있는 것이요 아버지의 무덤은 작고 눈여겨보지 않으면 무덤인지 아닌지 알 수 없었다. 로스빙은 낮은 봉분에 턱을 괴고 나를 기다렸다.

아버지가 있는 삶은 어떤 삶일까 궁금해요

우리는 매일 살구 킬로미터를 달려서 집으로 돌아갔다.

저녁을 먹고 나면 로스빙은 현관으로 가서 밤새도록 가만히 있었다.

아버지가 어디서 살았는지 너는 아니?

문을 열면 로스빙이 떠날 것을 나는 알고 있었다.

로스빙

우리가 도착한 곳은 여러 채의 방갈로가 공중에 떠 있는 해안가였다.

방갈로는 기둥을 세워 공중에 띄우고 만조에 물에 잠기지 않도록 했다.

여기에 아버지가 살았어?

로스빙은 그렇다고 내게 알려 주었다.

아버지는 오래전에 아이를 버린 적이 있다.

아이를 버리고 서울의 당구장에서 내기 당구를 쳤다.

어머니는 소파 모서리를 뜯으며 게임이 끝나기를 기다렸다.

방갈로에는 많은 사람들이 살고 있었다.

모두가 가족처럼 보였고
모두가 아닌 것처럼 보였다.

비행기를 타고 오는 동안에 로스빙은 화물칸에서 무엇이 들었는지 알 수 없는 상자들 사이에 있었다.
그중에 로스빙이 가장 컸다.

방갈로에서 나온 여자에게 나는 아버지 사진을 보여 주었다.

여자는 고개를 내젓고 사진을 물렀다. 물가에는 한 무리 아이들이 얼굴을 씻고 있었다. 아무도 아버지를 안다고 하지 않았다.

나는 로스빙과 함께 해안을 따라 오래 걸었다.

아니야 여자는 운 게 아니야

로스빙은 자꾸만 고집을 부렸다.

아버지가 처음 버린 아이는 나의 오빠였는데 그는 재일
한국인으로 40년을 넘게 살았다.

그를 본 적은 없다.

나에게 오빠가 있다고 로스빙에게 알려 주었다.

아이를 한 번 버린 사람은 두 번째 아이를 버리고 남은
일생을 살았다.

로스빙 너는 아이를 낳고 싶어?
나는 잘 모르겠어

로스빙은 앞발로 젖은 모래를 파고 거기에 구슬을 묻었
다. 처음 도착했을 때보다 로스빙은 수척해 보였다.

아까 그건 뭐였어?

로스빙은 그것이 이번 생에서 얻은 것이라 했다.

우리는 곧 원래 있던 곳으로 돌아갈 것이었다.

2막

파로키

마당을 쓸던 남자가 말했다.

남자는 회빛 덥수룩한 머리에
낡은 아웃도어 재킷을 입고 있었다.

마른땅에 낚시용 장화를 신고 있어
제정신이 아닌지도 몰랐다.

내 집엔 아무것도 없소

그런 지 백년은 됐을 텐데
이렇게 멀쩡히 살아 있다니

신은 참 가혹한 것이오

내게 좋은 것을 준 적이 단 한 번도
단 한 번도 없다는 것을 신은 알아야 하오

그런데도 멀쩡히 살아 있다니

그러고는 혼자서 한참을 웃었다.

마당에 이는 먼지가 남자를 한차례 지우고 사라졌다.

파로키는 이 집이 좋겠다고 생각하는 것 같았다.

나는 사람이 없는 집을 원했는데
파로키는 꼼짝도 하지 않고

내 힘으로 목줄을 당겨 봤자 소용없었다.

돌이켜 생각하면 그런 지 오래되었다.

파로키

그럼 내가 저 사람을 죽여야 해

파로키는 엎드린 채 듣는 둥 마는 둥 했다.

내가 총을 사용한 건 40년 전이었는데
남자는 내 것을 단번에 알아보았다.

그건 아주 좋은 총이라오
요즘 사람들은 더 이상 쓰지 않지만

남자는 빗자루를 세워 턱을 받치고 한참을 서 있었다.

나를 이 집에 머물게만 해 준다면
떠날 준비가 되어 있소

혼자서는 어쩔 수 없었지
깨어나면 사는 수밖에

저기 뒷마당에 죽은 나무가 보이오?

거기서 나도 죽은 사람이면 좋겠다고 생각했는데

여태 살아 있었으니까

보다시피 내 집엔 아무것도 없소
여기서 살다간 나처럼 되고 말 거요

그러고는 다시 한참을 웃었다.
듣고 보니 기침인지 웃음인지 분간이 가질 않았다.

나는 죽은 나무를 향해 걸어가는 파로키의 뒷모습을 바라보았다.

나무는 멀리서 보아도 크고 아름다웠다.

나무도 죽는데
나는 죽지도 못하고

빌어먹을

남자는 다시 마당을 쓸었고 고운 먼지가 일었다.

해 질 녘 빛이 흙을 따라 반짝이며 내려앉았다.

저 녀석이 나를 먹지 못하게 잘 묻어만 주시오
내가 바라는 건 그것뿐이오

파로키를 본 사람은 그가 처음이었다.

파로키

그 집에서 함께 사는 동안에
시간은 해가 지고 떠오르는 것

구름
비
바람
눈

한 번도 같았던 적이 없는 날씨

달이 뜨고
별이 지고

밤은 산책에서 돌아오는 것

폭우와 폭설과
가뭄과 가난과

그 집에서 사는 동안에

해는 길어지고 짧아지는 것

내가 말하면
파로키는 돌아본다.

내가 부르면
파로키는 다가온다.

내가 굶으면
파로키는 말라 간다.

내가 아프면
파로키는 신음한다.

내가 잠들면
파로키는 사라진다.

내가 꿈꾸면
파로키는 나타난다.

뒷문 밖에는 죽은 나무가 있고

어떻게 지내?

잘 지내

시간 되면 보자

그래

인간은 거짓말을 하고

나는 죽은 나무를 바라보며
파로키에 대해 쓰고 있다.

커튼의 두께
카펫의 그늘

파로키가 무엇인지 인간은 물을 것이다.

파로키는 인간이 아닌 모든 것
살아 있을 필요가 없는 인간이 아닌 다른 것

파로키

세상에는 죽는 게 훨씬 나은 인간들이 있어

그렇다고 죽일 수는 없어

안타까운 일이지

반드시 살아 있어야 한다고
인간은 아무에게나 말한다.

파로키

나는 시를 써서 죽게 될 거야

죽는 게 훨씬 나은 인간들이 떼를 지어 몰려오기 시작
한다.

3막

이 얼굴을 보아 주십시오

이 얼굴을 보아 주십시오

미간이 얕고
인중이 옅은

낮은 이마와
패인 하관을

그것들이 아무렇게나 만들어 낸 인상을

이 얼굴을 보아 주십시오

아무 데도 쓸모가 없어
아무도 보아 주지 않는 이 얼굴을

보아 주십시오

신이시여

우리는 기도합니다

태초에 말씀이 있어

여성이라 이름 붙인 자에게 고하길

내가 너희의 고통을 안다

당신의 은총이 우리에게 충만하옵고

나의 총은 그의 입을 향하나이다

신이시여

그의 입을 벌리시옵고

당신이 여성이라 이름 붙인 자에게

용기와

힘을 주소서

작가의 탄생

나를 낳고도 꺼지지 않는 배를 보며
어떻게 이 속에 내가 또 들었으면

죽이리라

아무도 모르게

죽이리라

다시는 낳지 않으리라

아무것도

만들지 않으리라

생각하고 삶이 다른 방향으로 흘러가는 것

어쩌면 배 속에 남은 하나가
저절로 죽었는지도 모르지

생각하고 사는 게 덜 무섭곤 했다.

죽은 내가 있어
이걸 다 겪지 않은 내가 있어

매일 밤 죽은 내 곁에서 잠이 든다.

오늘은 어땠어?

비가 왔어

비가 뭐야?

젖는 거

그래서 이런 거야?

그런 거야

오늘은 어땠어?

죽고 싶었어

죽고 싶은 게 뭐야?

너처럼 되는 거

오늘은 어땠어?

돈이 모자랐어

돈이 뭐야?

살 수 있는 거

오늘은 어땠어?

돈을 기다렸어

기다리는 게 뭐야?

너의 반대말

반대말이 뭐야?

나

오늘은 어땠어?

살고 싶었어

살고 싶은 게 뭐야?

죽기 싫은 거

내가 싫은 거야?

슬픈 거야

슬픈 게 뭐야?

살고 싶은 거

나는 내가 우는 것을 보고 있었다.

사람들은 자주 묻곤 했다.

왜 그래요?
무슨 일 있어요?

아무 일도 없어요

나는 웃으며 말한다.

언제나 그랬다.

누란

엄마

사람들이 전부 나를 싫어하는 것 같아

엄마도 그랬어?
엄마도 그랬어

엄마

맛있는 게 아니면 나는 먹고 싶지 않아
맛있는 것만 먹으려고 하는 내가 싫어

엄마

엄마는 맛있는 것 다 먹었어?

가고 싶은 곳 다 갔어?
하고 싶은 것 다 했어?

나는 못했어

엄마

내가 엄마를 버린 것 알고 있지
그럼 알고 있지

나는 몰랐어

엄마도 그랬어?
엄마도 그랬어

할린

하루는 보다 못한 그가
궁금한 것이 있다면 할린에게 물어보라 했다.

할린은 죽은 자이지만
묻는 것에 대답하는 자이며

나는 그런 것을 믿지 않지만
믿기도 하여서

할린

그 이름을 기억해 두었다.

나는 내가 죽는 날을 알고 싶었다.

정확한 날짜와 시간을

아무에게도 말하지 않고
그날을 향해 살아가고 싶었다.

그런 것도 알 수 있어?
아마도?

나는 어떻게 죽는지 그 또한 알고 싶었다.

그런 게 왜 알고 싶어?

넌 알고 싶지 않아?
난 알고 싶지 않아

네가 알게 된 것을
내게는 말하지 않았으면 한다

내가 언제 죽는지
어떻게 죽는지

모르고 싶어?
모르고 싶어

너는 알고 싶은 게 없어?
나는 알고 싶은 게 없어

아는 것도 전부 잊었으면 좋겠어

나도?
가끔은 너도

언젠가 그도 할린을 찾은 적이 있는 것이다.

내가 할린을 찾으면
할린이 올 것이라 했고

세상 일이 그러하듯이
전과 같을 수는 없을 거라고

그건 너도 알고 나도 아는 사실이라고

나는 전과 같이 살 수 있다고 생각하면서
그에게는 말하지 않았다.

내가 할린을 찾았을 때
할린이 알려 준 것은 다음과 같다.

나는 혼자서 죽을 것이며
죽고 난 뒤에는 죽은 것을 알지 못할 것이다.

죽고 난 뒤에 나는 죽은 것을 알고 싶었다.

할린이 물었다. 죽은 것을 알아서 무얼 하려고?

내가 죽은 것을 말하자면 누리고 싶었다.
더 이상 살아가지 않아도 된다는 것을

할린이 말했다. 자비는 산 자에게 주어지는 것이다

내게 주어진 자비는 무엇인가요?

네가 죽는다는 것이다

그 후로 할린은 다시 나타나지 않았다.

.

할린

할린에 대해 말할 수 없게 된 후로
우리는
부쩍 말이 없었다.

밥은 먹었어?
아직

밥 먹을까?
아니

그는 내가 할린을 찾은 것을 알고 있었다.

모르는 채로 살 수는 없었어?
나는 이렇게 너와 살고 있는데

할린은 내가 혼자서 죽을 거라고 했어

언제?

그건 말하지 않았어
죽은 다음에는 죽은 것을 알지 못한대

잘되었네

내가 너하고 사는 것
네가 죽은 것을 모르는 것

너는 살아 있는 거야?

모르겠어

나는 살아 있는 거야?

모르겠어

할린에 대해 이야기를 나눈 것은
그것이 마지막이었다.

국경의 밤

오랫동안 달리고 있었어
능선부터 밝아 오는 가느다란 길을

한참을 내려갔다가 다시 올라가는
곧고 구부러진 길을

멀리서 다가오는 두 개의 헤드라이트
저 멀리 점멸하는 붉은 후미등

내가 어디로 가는 중이었는지
너도 아마 알고 있었을 거야

산을 넘자 눈이 내리기 시작했다
달려드는 눈발과
잠깐씩 드러나는 길

너를 떠나기로 해서 미안해

후회하지 않은 적은 한순간도 없었어

돌아가고 싶었지만
이대로 계속해서 가야 한다고

몇 날 며칠을 달리는 동안에
아름다운 광경을 봤어

너에게 모두 말해 줄 수 있다면 좋을 텐데

어디까지 가야
끝이 날까

사랑이 끝나는 순간을 알고 싶었어

내가 국경을 넘었을 때

휴게소에 잠시 멈췄을 때

이른 아침 처음 내린 커피를 마셨을 때

기름을 넣으려고 주유소를 찾을 때

지도를 펼치고 내가 있는 곳을 찾을 때

밤새 달려도 불 꺼진 모텔 간판만 나타날 때

주차장에서 웅크리고 잠들었을 때

유리창을 두드리는 소리에 놀라 깨어났을 때

그게 너였으면 하고 바랐을 때

로즈와 마리

로즈와 마리는 하나였는데
어느 날 둘로 나뉘었다.

마리는 그런 줄 모르고
로즈와 하나인 듯 거기에 있었다.

그곳은 바람이 짜고

어느 날은 해가 구름에 완전히 덮이거나
어느 날은 해 말고 다른 것은 없는 날이

비가 올 때는 바다가 검게 그을려
빗물이 닿는 것마다 불같이 놀라곤 하였다.

로즈는 비에 젖어 마리가 짙어지는 모습을 바라보았다.

어째서 마리를 볼 수 있게 된 것인지
둘이 된 것인지

하지만 마리는 로즈를 볼 때
전혀 모르는 얼굴이었고

마리,

로즈는 그 사실을 말하지 않고 혼자 죽었다.

나는 네가 어떤 것은 평생 모르길 바라

그러나 살면서 거짓말은 하지 말고

남의 것을 탐하지 말고

무엇보다 품위를 갖고

마리,

죽기 전에 로즈는 생각했다.

네 자신으로 행복하면 좋겠어

마리는 그 후로도 여러 해를 살았다.

혜화동

우리는 신호를 기다리며 서 있었다.

너가 먼저 웃었고
누가 먼저랄 것 없이 고개를 돌렸고

여기서 사람들은 한꺼번에 걷기 시작한다.

너는 다른 곳을 보며 걷다가
다시 웃는 얼굴로 고개를 돌렸고

우리는 약속을 하고서
두 번인가 세 번은 보지 못했다.

그러는 사이 여러 번 계절이 바뀌었고
지금은 서로가 그랬다고 생각한다.

그 새끼를 죽여 버리고
나도 죽을까 했었어

그 계절의 공원에는 낙엽이 많아서
걸을 때마다 소리가 났다.

롤러스케이트를 타는 것처럼

너는 잘 살고 있니

술집은 작고
그래서 우리는 아주 작게 말했다.

귀에 귀를 대고서

언제 다시 볼지 모르면서

땅콩 껍질을 잘게 부수다 입을 맞추었다.

유령의 시간

사랑

하지만

대답은 들리지 않았네

당신이 한밤중에 일어나 냉장고를 열었을 때
내가 숨죽여 바라보고 있었던 것

알고 있었어?

하지만

대답은 들리지 않았네

냉장고를 열면
당신은 울고 있고

내가 잘못한 거야

당신은 잘못하지 않았어

거짓말을 해서라도
이어 갈 수 있다면

사랑

하지만

대답은 들리지 않았네

유령의 시간

아무것도 아닌 것

아무것도 아닌 찻잔
아무것도 아닌 스푼

아무것도 아닌 찻잔에 아무것도 아닌 스푼으로

아무것도 아닌 베란다
아무것도 아닌 의자

아무것도 아닌 베란다에 아무것도 아닌 의자를 두고

아무것도 아닌 사람
아무것도 아닌 마음

아무것도 아닌 것들

아무것도 아닌 시간

이인

공터가 있는 집에 살았지

공터에는 사람이 살지 않았지

하루는 새들이
하루는 개들이

어느 날은 안개가
비가

어느 날은 구름이
해가

풀과 꽃을 데리고 오는

공터가 있는 집에 살았지

풀을 베어 달라 하면
풀을 베어 주는 남편과 살았지

꽃을 따다 달라 하면
꽃을 따다 주는 남편과 살았지

목이 마르다 하면
물을 따라 주는 남편과 살았지

내가 오줌을 누면
옆에서 몸을 씻는 남편과 살았지

공터에는 사람이 살지 않았지

우리는 벌거벗고 공터에 뜬 달을 보았지

이 집에서 죽었으면 좋겠다

내가 말하면
고개를 끄덕이는 남편과 살았지

우리가 죽은 것을 아무도 모를 때까지
이 집에서 살았으면 좋겠다

달이 별을 깨우면 풀과 꽃이 잠드는

공터가 있는 집에 살았지

동인

나무들이 움직인다.

당신은 언제 알았어?

시시각각 구름이 변하였다.

아름다운 광경이었다.

당신 자신이 생겨난 것

여름에는 복숭아를 먹었고

번갈아 감기를 앓았다.

기억이 나질 않아

이 땅에 당신은 우리가 먹을 것을 심고 있다.

하지만 시작되었지

우리처럼

새들은 먹을 것을 구하러 왔다가 며칠씩 자고 갔다.

이제 사람들은 구름이 제법 가을 같다고 말한다.

우리가 두 사람인 걸 저들이 알까?

꽃들이 떨어진다.

사랑을 하느라

죽은 건지 산 건지 분간이 되질 않았다.

4막

몽정

여기에 있어도 되나요?

물체 주머니를 든 아이가 문을 열고 서 있었다.

그건 왜 가져왔어?

좋아해요
별로 든 것은 없지만요

아이는 나중에 어항은 보건실에 있었고
자신이 본 것은 물고기의 표본이었음을

보건교사는 가운을 걸치며

떠올린다.

좋은 일이 언제 생길지 모르겠어
아무것도 설레지 않지?

과학실은 습하고 그늘진 곳에 있었다.

아마 그럴 거다

이제 그만 돌아가렴

아이는 숨을 참고
잠시나마 눈을 감고

어항은 그때 둥글게 부풀어 올랐다.

이게 다예요?

이게 다야

아이는 태어난 것도 잊고서 가만히 누워 있었다.

피망

씨앗을 받아 쥐고
묽게 번지는 여름을 본다.

손가락 사이로
우리가 사랑한 계절이 흐르고 있다.

내가 주먹을 쥐면
너는 그것을 감싸고

내가 숨을 쉬면
너는 그것을 마시고

처음과 나중이 초록인 세계에서

피망의 이름으로 눈을 감았다.

여주

녹색 커튼이 무겁게 드리워져 있어
창밖은 볼 수 없고

여기는 오래된 집이야

그늘에서 입을 맞추면
돌연 살갗이 일어서는

욕실 바닥의 물때를 지울 때

당신은 천천히 늙어야 해

생각하면 언제나 아름다웠어

젖은 거울을 손으로 쓸면
거기서 나는 여름이었고

여주는 열린다

그의 얼굴은 잘 알고 있지만
내 얼굴은 거의 모르고 있다

이렇게 씨를 없애면
부드러운 맛이 난다고 해

찬장에 든 것은 그대로 먹으면 되고
맨 아래 술병에도 남은 술이 있어

젖은 발로 당신은 부엌에 들어왔던 것 같아

이걸 다 어떻게 아는지

모르지

죽어도 좋을 때까지
당신은 살아 있어야 해

백년

거북이처럼 착한 당신은
어디든 나를 데려가려고

좋아요

당신이 가는 곳은
나도 가고 싶어요

그러다 매번 뒤집힌 네발짐승처럼

매달리죠
여기라고

더는 못 간다고

당신의 수명을 백년으로 하고

지금이라고

그러면 당신은 착한 거북이처럼

휘어진 목을 길게 뻗고서
얇은 턱을 높게 하고서

한때 사람이었던 기억을 떠올리고 있습니다

만리

그는 바다에 나갔다가
한참 키가 자라는 아이처럼 돌아오곤 했다.

분명한 나의 아이처럼

이제 더는 품을 수 없는
품에 안고 만질 수 없는

뭍에 오르자 장성한 사내가 되고

여기서 우리의 이야기는 잠시 멈춘다.

나는 젊은 여자의 몸으로 일어난다.

그는 숨을 참고 더 먼바다로 가고 싶다.

금방 돌아오겠다는 말을 하고서

우리는 오랫동안 살아왔다.

5막

모르핀

비가 내리는 참호에서
고개를 젖히고 비를 마셨다.

비가 내리는 날에는

무전도 없고
구호도 없고
전투도 없고

긴 전쟁이었다.

전쟁이 꼭
전생 같아

비가 내리는 날에는

두 팔을 잃은 자에게 담뱃불을 붙여 준다.

모르핀을 놓아 준다.

다리를 잃은 자는 두 팔로 걷고 있다.

언제부터 비가 내리기 시작했는지
기억하는 사람은 없었다.

나 역시 그랬다.

머리를 잃은 자는 비를 맞고 서 있었다.

오른쪽으로 걷다가
왼쪽으로 걷다가

팔을 휘저으며 서 있었다.

쟤 때문에 우린 다 죽을 거야

무전기를 든 자가 말했다.

비가 그치면 무전이 오겠지

구호품을 든 자가 말했다.

남은 건 모르핀밖에 없어

두 팔을 잃은 자가 말했다.

그것 참 잘되었네

다리를 잃은 자가 말했다.

죽어도 살아서 돌아갈 거야

나는 빗물을 마시다 말고 말했다.

어디로

머리를 잃은 자가 손가락을 들어 두 시 방향을 가리켰다.

모르핀

여자가 여긴 뭐 하러 왔어?
잠자코 집에 있지 않고

넌 아직도 전쟁이 옛날 같은가 보다

나는 모르핀을 놓으며 말했다.

남자와 여자가 동등하다고 누가 처음 말했을까?

나는 그것까진 알지 못했다.

그래도 너는 총을 잘 쏘니까
너 때문에 여러 번 살았지

그 씨발년들이 달려들 때
나는 네가 쏘지 않을 줄 알았는데

그때부터니까
널 믿은 게

팔이 없어서 제일 힘든 게 뭔지 알아?

나는 모르핀을 마저 밀어 넣었다.

혼자서 그걸 할 수가 없어
살아도 산 게 아니지

그는 웃는 것 같았고
그게 우는 것 같았다.

제발 부탁이야

한번만

아니

한 번만

나는 주머니칼로 그것을 잘라 참호 밖으로 던졌다.

머리를 잃은 자가 몸통을 돌려 걷기 시작했다.

귀신이네

나는 손을 닦으며 생각했다.

그러니까 남자에게 팔은 꼭 있어야 해

여자는 모르겠다
넌 어때?

글쎄
꼭 있어야 하는 게 있나?

모르핀은 얼마나 남았지?

나는 빈 통을 보며 말했다.

충분히

모르핀

모르핀이 없다는 것을 알게 된 후로
태도가 바뀐 자

간곡하게
때로 눈물을 흘리며
지나온 삶을 말하던

이제는 두 팔이 없는 자

씨발년아
너는 너 혼자 잘났지

혼자 똑똑하고
언제든 남자가 너를
사랑할 거라고 믿고 있지

너는 아무것도 아니야

뭐라도 된 것처럼 사는데

너는 씨발 아무것도 아니야

사람들이 너를 좋아하는 것 같지?

언제까지 속일 수 있을 것 같아?

금방 들통날 텐데

사람들이 너를 존중하고
너에게 예의를 차린 것은

네가 모르핀을 가져서야

모르핀이 있는 동안에 너는
뭐라도 된 줄 알더라

팔이 없는 자는 입을 다물 줄 몰랐다.

너는 씨발 이제 끝났어

팔이 없는 자는 제 입에 흐르는 침을 닦지 못한다.

똥을 뭉개고 누워 그것이 마르기를 기다린다.

나는 모르핀이 있는 동안에
모르핀이 필요하지 않았다.

모르핀이 없어도 살아갈 수 있는 사람들이
전쟁 이후를 생각한다.

맞아 나는 씨발년이야

나는 내 몫의 모르핀을 그의 옆에 놓아두고 물러섰다.

그는 모르핀을 놔 줄 다른 씨발년을 찾기 시작했다.

6막

시항

새벽에 배가 하나 있을 거야. 나 말고는 아무도 모르는 배야. 그걸 타고 조타실 바닥에 앉아 있으면 배의 주인이 와서 배를 띄울 거야. 네가 있는 것은 모른 척할 거야. 그건 나하고 얘기가 된 거니까 너는 없는 사람처럼 조타실 바닥에 가만히 앉아 있으면 된다. 배는 내가 있는 곳에 도착할 거야. 나 말고는 아무도 모르는 배야. 너는 조타실 바닥에 앉아서 배가 출발하고 도착하길 기다리면 돼. 그러면 거기에 내가 있을 거야. 만약 내가 없다면 중간에 무언가 잘못된 거야. 그래도 괜찮아. 너는 도착할 거고 나를 만나거나 만나지 못할 거야. 너는 배에서 내리면 돼. 바다가 끝나고 육지가 시작될 거야. 나는 있거나 없겠지만 너의 삶은 계속될 거야. 나는 잘못돼도 너의 삶은 계속될 거야. 두 발로 걸어서 가고 싶은 곳으로 가면 돼. 거기서 사는 거야. 잊지 마. 새벽에 배가 하나 있을 거야. 너는 타거나 타지 않을 수 있어. 네가 타지 않아도 나는 거기에 있을 거야. 네가 없는 배가 오면 나는 거기에 있을 거야. 네가 없는 배와 함께 잠시 동안 거기에 있을 거야.

태백

12번 플랫폼에서 스위치백 열차를 탔습니다. 11시 55분에 청량리를 출발하는 열차였습니다. 우리는 밤새 북쪽으로 가려고 했어요.

11시 58분에 손목시계를 확인했습니다. 열차는 이제 출발한다고요. 그때 알았습니다. 우리가 더 이상 만날 수 없다는 것을요.

열차는 5분가량 지체하다 출발했습니다. 그사이 계단을 올려다봤어요. 플랫폼은 텅 비어 있었습니다. 역무원이 수신호를 하고서 열차에 올라탔습니다.

우리는 약속을 많이 했는데 대부분 지켜 본 적이 없는 것 같아요. 옆 좌석에는 외투를 대신 벗어 두었습니다. 아무려나 사람이 없었어요. 한 량에 세 사람쯤 돼 보였습니다. 열차 안이 밝아서 차창 밖은 잘 보이지 않았습니다. 도시를 떠나는 마음은 괜찮았어요.

가방에서 나는 두 사람분의 도시락을 꺼냈습니다. 어쩌

면 뒤늦게 도착했을지도 모른다는 생각이 들기도 하였습니다. 그러면 플랫폼에 남아서 당신을 만났을 겁니다. 괜찮아 다음 열차를 타면 돼. 당신은 숨이 차서 금방 대답을 못해요. 다음 열차는 없다고 말입니다.

스위치백 열차는 곧 운행을 하지 않는다고 해요. 한참을 자고 일어나면 산을 오르고 있던 게 생각이 났어요. 눈이 하얗게 쌓여 있는데 새벽에는 파랗게 보였던 걸요. 그때는 목이 메어서 보온병에 든 커피도 따라 마셨습니다.

나는 잘 도착했어요. 아침 일찍 투숙해 한낮을 잤습니다. 태백의 눈은 한 번도 녹은 적이 없다고 해요. 늦봄에 파묻혔던 고라니를 녹이면 금방 산속으로 뛰어 숨는다고요.

원산

원산으로 가는 열차에 올라
혼자서 잠이 들었다.

한 사람은 지키지 않을 약속을 하고
한 사람은 약속을 따르는 것처럼

원산으로 가는 열차는 가득 차고
옆자리는 비어 있었다.

어디로든 이동하는 동안에는 잠이 쏟아진다.
창밖에는 눈이 쏟아지는 것처럼

깨어나면 낯선 이가 옆에 앉아 창밖을 내다보고 있다.

원산으로 가요
거기서 살아요

창문이 덜컹이는 방에 나란히 누워

한 사람이 천장을 가리키면
한 사람이 천장을 보는 것처럼

깨어나면 또 다른 이가 옆에 앉아 창에 기대어 졸고 있다.

플랫폼에는 이불을 닮은 눈이 소복이 쌓여 있어
저기 저 열차는 바람에 흔들리는 창문 같지

이불은 차고
베개는 낮고

어느새 나타난 역무원이 호각을 불어
새들이 멀리 흩어지는 것처럼

나는 원산행 열차에 올라
잠이 들었다.

신의주

신의주에 가 본 사람을 알고 싶다.

그곳은 어때요?

사람들은 어떤 표정으로 걸어요?

무슨 일로 불행하고
어떤 일로 행복해요?

요즘 인기 있는 음식은

가장 늦게까지 여는 식당은

집으로 가는 길에 가로수는 무성한지

가난한 사람은 어떻게 살고
부자는 저들끼리 모여 있고

여자는 불행한지

아이는 어른이 되고 싶은지
혼자 울지 않는지

일찍 부모를 떠나는지

적게 가져도 살 수 있는지

거기선 친구가 없어도 상관없는지

나는 신의주에 가 본 적이 있는 사람을 알고 싶다.

통영

　이듬해 당신이 떠나며 잘 있으라고 말했다 나는 대답을 몰라서 흙을 한 줌 쥐었다 놓았다 내가 본 당신은 가슴이 아플 때 짓는 표정 우리가 다시 만날 때는 얼굴을 어디에 두고 온지 몰라 아무런 표정도 지을 수 없을 텐데 당신이 떠난 뒤로 여러 번 무서운 생각이 들어 들창 밖을 내다보았다 밤과 낮은 서로의 꼬리를 물고 알 수 없는 꽃들이 피었다 지고 바람에 실려 미지근한 냄새를 풍기고 그해 겨울 리아스식해안에서 당신과 나는 동백을 던지며 놀았다 우리는 그때 통영에 갔었지요? 죽으면 나에게 돌아오라는 약속을 했지요? 마당에 나가 보니 죽은 지 오래된 개가 바람에 구르고 있더군요 기껏해야 몇 해 더 살겠지 하며 통과한 세월이 당신보다 많아졌다고 적는다 그래도 당신 너무 무서워 말아요 눈먼 자의 한숨처럼 여기는 들리기만 할 뿐이라오

7막

작가의 탄생

나에게는 신이 있었나. 신은 수시로 찾아와 나에게 질문을 던졌다. 당신은 오늘 무엇을 했습니까? 오늘은 중요한 일이 있어서 아침에 일찍 일어났고, 긴장한 탓인지 종일 두통이 있었습니다. 몸은 피곤한데 지금은 잠이 오지 않아 괴롭습니다. 나는 생각나는 대로 대답했다. 점심에는 수제비를 먹었고, 횡단보도에서 신호를 기다리는데, 아 참, 그 집은 언제라도 다시 가 볼 생각입니다. 정말 맛있었거든요. 횡단보도에 서 있을 때 갑자기 햇빛이 쏟아져 눈을 감았습니다. 대답을 이어 가는 동안에는 별것 아닌 일들이 즐겁게 혹은 애틋하게 느껴졌다.

신이 다른 대답을 기대했는지 모르겠다. 좀 더 특별한 무엇인가를. 그러나 내게 특별한 것은 없었다. 그러자면 거짓말을 좀 해야 했는데 신에게까지 거짓말을 하고 싶지 않았다.

신은 간단히 질문을 하고 듣는 시늉 없이 곧바로 사라졌다. 그러나 나에게는 믿음이 있었다. 신이 줄곧 듣고 있다는 간결한 믿음이. 나는 신에게 묵묵히 나의 이야기를 털어놓았다. 신은 그다음 질문을 이어 가는 방식으로 듣고 있었다는 걸 알게 하였다.

당신은 왜 죽으려고 했습니까?

나는 신이 그 일을 알고 있어서 놀랐다. 신은 내가 말하지 않은 것도 알고 있었다. 신은 나의 마음과 같았다. 그러나 내가 죽으려고 했던 이유는 생각나지 않았다. 절대로 잊지 않겠다고 하고서 잊어버린 것들은 그게 무엇인지 떠올릴 수조차 없었다.

오랜 질문이 있은 뒤에 신은 결국 내가 간절히 원하는 것에 다다랐다. 그날 나는 사람을 하나 죽이고 싶다고 했다. 사람을 하나 죽이고 싶지만 솔직히 말하면 내가 죽이고 싶지는 않다. 나는 나의 삶을 살고, 그는 저절로 죽었으면 한다.

나는 다음 질문을 기다렸다.

신은 나타나지 않았다.

언제부터인가 늘 신과 함께였기에 어떻게 해야 좋을지 몰랐다. 나는 처음으로 신에게 질문을 던졌다. 당신은 어디에 있습니까? 신은 대답이 없었다. 다시 물었다. 당신은 있기는 한 것입니까? 그때였다. 정말로 그를 죽이고 싶습니까?

나와 신이 하나가 되는 순간이었다.

8막

식물원

1. 심송태의 집/내부/낮

바깥 유리문이 활짝 열려 있는 베란다. 정갈한 화분들이 울창하게 뒤섞여 있다. 아무도 없는가 싶은데, 이파리들이 바스락거리더니 안쪽에서 주전자를 든 순화가 나온다. 화분들을 꼼꼼히 살피다가 되었다 싶은지 주전자를 내려놓는 순화. 마른걸레로 정성스레 이파리를 닦는다.

창틀에 몸을 걸치고 담배를 피우는 순화. 고단한 얼굴 위로 붉은 햇빛이 떨어진다. 한산한 동네 골목길을 내려다보다가 발치에 놓인 화분에 담배를 비벼 끄고 흙으로 덮는다. 다른 화분들에 비해 유독 시들어 있다. 싱싱한 화분들 뒤로 슥 밀어 넣고, 손으로 담배 연기를 흩어내는 순화, 티셔츠를 벗으며 욕실 쪽으로 간다.

욕실로 가면서 몸에 밴 듯 손을 뻗어 티브이 다이에 엎어져 있는 작은 액자를 세운다.

액자 속에는 순화와 종태의 사진이 끼워져 있다. 식물

원 앞에 서서 찍은 두 사람의 기념사진. 순화도 종태도 수수한 정장 차림이다. 반듯한 단발머리에 수줍은 순화와 그 옆에 거인처럼 큰 종태. 한눈에 봐도 순화에 비해 나이가 많다.

2. 식물원 앞 광장/외부/낮/과거

광장

사진을 찍는 포즈로 가만히 서 있는 종태와 순화. 광장은 넓고 시설들은 낡았다. 종태가 꾸벅 허리를 숙이며 카메라를 받으러 다가온다.

카메라를 받아들고는 어디론가 걸어가는 종태. 순화는 종태가 혼자서 가 버리자 빠른 걸음으로 뒤따라간다.

식물원 내실

울창한 식물원을 걷는 두 사람. 멀찍이 앞서 걷는 종태가 종종 뒤를 돌아보기도 한다.

광장

벤치에 나란히 앉아 있는 순화와 종태. 종태는 별것도 없는 경치를 쳐다보고 있다. 순화는 종태 옆에 앉아 상기되어 있다.

리순화   배 안 고파요?

종태는 정신이 팔린 채 광장 이곳저곳을 보고 있다. 얼굴에 종종 알 수 없는 이유로 웃음이 생겼다 사라진다. 들었는지 못 들었는지 대답이 없다.

리순화   당신은 내가 왜 좋았어요?

그제야 종태가 순화를 본다. 표정이랄 게 없는 종태의 얼굴. 말없이 순화의 머리를 스윽 쓸어 주고는 주머니를 뒤적여 담배를 꺼내며 일어선다. 순화가 따라 일어서자 돌아보며 앉아 있으라 말하는 종태. 순화는 엉덩이를 붙이고 도로 앉는다.

네댓 발자국 떨어져 자리를 잡고 서는 종태. 담배 연기를 길게 내뿜으며 순화를 빤히 본다.

3. 관광호텔/내부/밤/과거

종태 아래 깔린 순화의 작은 몸이 불편해 보인다. 어떻게든 자리를 잡아 보려고 움직여 보지만 쉽지 않다.

종태는 섹스에 서툴러 보인다. 순화가 어깨를 잡고는 잠깐만, 잠깐만, 늦춰 보지만 종태는 듣지 않는다. 순화는 체념한 듯 천장을 본다.

(시간 경과)

새벽 빛이 드리운 시퍼런 창가. 창밖은 다른 건물에 막혀 풍경이랄 게 없다. 거기 잠에 들지 못한 순화가 귀신처럼 서 있다. 종태의 코 고는 소리가 방 안에 낮게 들어차 있다.

4. 심송태의 집/내부/낮/과거

순화의 캐리어가 놓인 안방. 옷장 앞에 서 있는 종태와 순화. 종태가 빈 서랍을 열고는 여기에 옷을 넣으면 된다고 한다.

작은 방에서 청소기 사용법을 가르쳐 주고,

다용도실 문을 열어서 세탁기 사용법을 알려 주고,

욕실 문도 열어서 보여 준다.

이제 종태는 베란다에서 화분별로 관리하는 법을 가르쳐 주고 있다. 이건 일주일에 한 번…… 이건 한 달에 한 번…… 순화는 잊지 않으려고 입엣말로 종태의 말을 따라 하고 있다.

5. 김종태의 집/내부/저녁/현재

거실

젖은 머리의 순화가 베란다의 바깥문을 닫고 있다. 어깨로 전화기를 받치고 통화 중이다.

리순화   자꾸 쉬라고만 하시면 어쩌란 말입니까. 내일은 나오라고 하지 않았습니까.

전화   아니 손님이 없으니까 나도 힘들어서 그러지.

리순화   다른 데 알아보겠습니다.

전화   그럴래……

리순화   제가 뭘 잘못했습니까.

전화   철판 그만 닦고 다른 데 가 봐. 남자애들이 힘도 좋고 손도 빠르고. 내 입장에서는 딸 같아서 하는 소리야.

리순화   당신 같은 아버지 둔 적 없습니다.

전화를 끊는 순화. 후회가 몰려오지만 늦었다.

부엌

냉장고에서 이것저것 꺼내서 저녁을 준비하는 순화. 현관에서 철컥 자물쇠 돌아가는 소리가 들리자 흠칫 놀란다.

안방

어둑한 방에서 벽을 향해 돌아누워 있는 순화. 거실에서 티브이 소리가 들린다.

거실

종태가 한참 티브이를 본다. 소주도 마신다. 벌써 두어 병 마셨다.

안방

가까이 보면 순화의 몸이 부들부들 떨리고 있다.

거실

비틀거리며 일어서는 종태. 안방 앞으로 가서 몸을 이리 저리 흔들며 안방을 물끄러미 바라본다. 허물 벗듯 바지를 벗고 성큼 방으로 들어가는 종태.

안방

종태가 다짜고짜 이불을 젖히고 순화의 아랫도리를 끌어내린다. 바지를 움켜쥔 순화가 종태의 힘에 문간까지 끌려 나온다. 울음을 터뜨리는 순화, 하지 말아 달라고 애원한다. 종태가 들을 리 없다. 순간 엄청난 힘으로 종태를 밀쳐 내는 순화. 종태가 어두운 방에서 불 켜진 거실로 튕겨져 나온다. 순화도 순간 자신의 행동에 놀란다.

성큼 일어나 순화를 덮치는 종태, 순화의 입을 틀어막는다. 종태의 손을 깨무는 순화. 종태가 비명을 지르며 떨어져 나간다. 이글이글 타오르는 종태. 순화를 마구잡이로 때리기 시작한다. 두들겨 맞던 순화가 거실로 뛰쳐나간다.

부엌

싱크대 코너에 몰려 있는 순화. 종태의 어깨 너머 베란다를 본다. 순화의 시선을 알아차린 종태가 고개를 돌려 베란다를 보고는 다시 순화를 본다. 순화는 종태의 눈을 똑바로 보지 못한다. 개수대에 놓인 식칼을 흘긋 보는 순화. 이번에도 순화의 시선을 따라가는 종태. 슬슬 다가와

개수대의 칼을 집어든다. 칼날을 자신 쪽으로 해서 배를 툭툭 건드리는 종태.

김종태   이거로 나 찌르려고? 자, 해봐, 찔러 봐.

겁에 질려 눈을 감고 덜덜 떨고 있는 순화. 종태가 순화의 손을 가져다 칼날 위를 감싸게 하고는 자기 손으로 꽉 움켜쥔다.

6. 김종태의 집/내부/오전

현관문이 열리고 순화가 들어온다. 손에 붕대가 감겨 있다. 부엌에는 순화의 피가 묻은 칼이 그대로 놓여 있다. 휴지를 둘둘 풀어서 칼을 칭칭 감고는 황급히 자기 가방에 넣는다.

7. 파출소/내부/낮

　파출소에는 이런저런 용무로 경찰들이 드나들고, 전화벨이 울리고, 또 다른 데서 전화벨이 울리고, 입구에 경찰차가 들어와 서고, 벽에 붙은 의자에 순화가 앉아 있다. 손에 종이 한 장을 쥐고서 생각에 골몰해 있는 순화. 데스크 한쪽으로 가 종이에 무언가를 적기 시작한다. 고소장에 종태 이름을 적고 있다. 파출소 안을 둘러보는 순화. 아무도 순화에게 관심이 없다. 순화는 쓰다 만 종이를 움켜쥐고는 벽에 붙은 의자에 다시 주저앉는다.

8. 골목/외부/낮

　다세대주택이 밀집한 골목길. 벽 사이 비좁은 통로로 순화가 들어간다. 반지하 현관문 앞에 서서 귀한 걸 만져 보듯 손바닥으로 문을 쓸어 본다. 가방 깊숙한 곳에서 열쇠를 꺼내 현관문을 연다.

9. 리순화의 집/내부/낮

부엌이 딸린 작은 방으로 들어서는 순화. 방 안에는 비닐 가방에 든 새 이불과 역시 뜯지 않은 밥솥과 냄비 따위의 상자들, 소반이 놓여 있다.

이불을 꺼내서 펼치고 누워 보는 순화. 눈을 감고 한동안 가만히 있는다.

10. 방석집/내부/밤

혼자 앉아서 마른 땅콩을 앞에 두고 맥주를 마시고 있는 순화. 잠시 후, 한 여자가 와서 앉는다.

리순화   잘 있었어?
윤정희   여긴 어떻게 왔니?
리순화   언니, 나도 여기서 일할까?
윤정희   손은 왜 그러니?

리순화   그냥. 다쳤지 뭐.

윤정희   그 손을 하고 술을 먹고 있니? 너 그예 맞고
         사는구나?

리순화   그런 일 없다.

윤정희   아니긴 뭐가 아니니.

리순화   아니라니깐.

윤정희   아니면 그냥 살아라. 정 외로우면 연애나 몰래
         하고.

리순화   나 그 집에서 나오려구. 이제부터는 사는 것처
         럼 살려구. 잠도 잘 자고. 밥도 먹고 싶을 때만
         먹고. 방도 하나 얻었다?

윤정희   지랄한다.

정희가 순화의 맥주잔을 가져다 단숨에 들이킨다.

윤정희   국적은 바꿨니?

순화는 말이 없다.

윤정희   혼인신고는?

리순화   (재밌는 얘기가 생각난 듯 키득거리다가) 언니 내가 오늘 경찰서에 갔었거든. 근데 신고를 못하겠더라. 겁이 나서.

윤정희   봐라. 이게 우리가 사는 거다. 니가 말하는 그 사는 거는 우리 게 아니다. 각자 자기한테 있는 거를 사는 거지. 정신 차리라. 아니면 어디 가서 조용히 죽든가. 죽을 용기 없으면 하루 벌어 하루 먹고. 그것 말고 너하고 나한테는 없다는 말이다.

11. 부둣가/외부/밤

정희와 순화가 동이 터오는 부둣가에 앉아 소주를 마시고 있다.

리순화   언니야. 내가 얼마 전에 교회에 갔었거든.

윤정희   교회? 무슨 교회?

리순화   거기 무슨 이주자들 모임이 있다대. 그래서 가
               봤지.

윤정희   근데?

리순화   거기 목사님이 좀 희한하대.

윤정희   뭐가?

리순화   하나님한테 좋은 거 달라고 기도하지 말라더라.

윤정희   그럼 뭐 한다고 교회를 간다니?

리순화   예수님이 태어났을 때 마굿간에 있었잖아? 근
               데도 군말 없이 거기서 최선을 다해 살았다
               대? 하나님한테 좋은 거 달라고 한 적 없대.

윤정희   그 사람은 빵 하나 가지고 먹을 거 계속 만들
               고 그러지 않았니? 나도 그런 능력 있으면 좋
               겠다. 우리 같은 사람들이 계속해서 태어나는
               것이 지옥이 아니고 뭐겠니. 우리 고생하는 거
               에 대면 택도 없다.

리순화   그치. 택도 없지.

윤정희   그럼 무슨 기도를 하라니?

리순화   죄를 사하여 달라고?

윤정희   죄? 무슨 죄?

리순화   몰라.

윤정희   지금부터 너는 내 말 잘 들으라. 그 집에서 당
       장 나오라. 아니면 너가 죽어야지 끝난다.

리순화   언니야. 죽으면 다 끝나면 좋겠는데 그다음에
       도 자꾸 뭐가 있다고 그런다 그 사람들.

12. 리순화의 집/내부/오후

텅 빈 방에는 이불이 가지런히 개어져 있다. 방바닥에
손바닥만한 빛무리가 드리워져 있다.

순화는 현관에 서서 방 안을 보고 있다. 문을 열고 밖으
로 나간다. 철컥 문이 잠기는 소리. 순화의 발자국 소리가
멀어진다.

13. 골목/외부/오후

집으로 돌아가는 순화의 뒷모습에 순화가 부르는 노래
가 섞인다.

리순화   동구 밖 과수원 길 아카시아 꽃이 활짝 폈네에.
         하아 얀 꼬옷 이이파리 눈송이처럼 나알리네.
         향그웃한 꽃 냄새가 실바람 타고 소올 소올. 둘
         이서 말이 없네에. 얼굴 마주 보며 쌩그웃. 아
         카시아 꼬옷 하얗게 핀 먼 옛날에 과수원 길.

14. 김종태의 집/내부/밤

순화의 노래가 계속 이어지는 가운데, 거실에서 베란다
로 길게 쓸려 간 붉은 핏자국을 천천히 따라가면, 손잡이
에 휴지가 눌어붙은 칼이 바닥에 떨어져 있고, 베란다에
가득 찬 화분 너머로 바들바들 떨며 쓰러져 있는 순화의
만신창이 얼굴이 보인다.

변기 앞에 서서 줄줄줄 오줌을 누고 있는 종태. 오줌 줄기가 사방으로 튄다. 변기에는 찢어진 종잇장이 둥둥 떠 있고 종태는 겨냥하듯 오줌발을 쏘고 있다. 낮에 순화가 파출소에서 쓰다 만 종이다. 변기에 고인 누런 오줌 위로 핏물 하나가 툭 떨어진다.

종태의 얼굴은 피투성이다. 땀에 뒤섞여 볼을 타고 흘러내린 피가 턱에서 뚝 뚝 떨어진다.

김종태   씨발 보지에 피도 없는 년이…… 어디서 감
           히…… 좆 같은 년이 씨발……

바지춤을 올리며 휘청휘청 거실로 나오는 종태, 순화가 없자 핏자국을 따라 베란다로 간다. 종태는 화분 뒤에 숨은 순화를 발견하고 눈이 뒤집어진다. 순화가 숨어들면서 화분 몇 개가 엎어지고 망가졌다.

김종태   나와…… 나와 얼른……

종태가 순화를 끌어내려는 순간 순화는 온 힘을 다해 가장 큰 화분을 부둥켜안는다. 종태는 화분이 망가질까 어쩌지를 못 한다.

김종태   놔…… 놔, 이거…… 놔!

목구멍으로 벌컥 올라오는 피를 뱉어 내는 순화. 안간힘을 쓰며 붙잡고 있던 화분에서 손이 툭 떨어진다. 화분 밑으로 번져 나오는 피를 보고 자지러지게 놀라는 종태. 자신이 무슨 짓을 한 건지 정신이 드는 듯 손에 묻은 피를 보며 겁에 질린다. 눈에 피가 들어갔는지 연신 얼굴을 문지르더니 아직 피가 번지지 않은 쪽으로 가서 화분을 들어 밑바닥을 확인한다.

화분을 하나씩 번쩍 들어 거실로 옮기는 종태. 화분에 가려져 있던 순화의 몸이 점점 드러난다. 죽은 것 같다가도 딸꾹질을 하듯 한 번씩 숨을 토해 내는 순화. 화분을 든 종태의 거대한 발이 순화 앞을 바쁘게 오가고, 순화는 가

끔씩 아가미처럼 눈꺼풀을 들썩인다.

거실은 종태가 옮겨 놓은 화분으로 가득 차 있다. 지나치게 밝은 형광등 불빛 아래 천장까지 치솟은 식물들이 울창하다.

걸레를 들고 화분 주위를 돌며 바닥의 피를 꼼꼼히 닦는 종태. 그러다 문득 베란다 쪽을 돌아본다. 다시 걸레질에 열중하는 종태. 갑자기 걸레를 놓고 일어나 베란다로 가며 시야에서 사라진다.

거실은 화분들로 가득 차 있다. 별안간 바람이 부는 것처럼 바스스 떨리는 이파리들. 그러다 다시 잠잠해진다.

잠시 후 들리는 둔탁한 소리.

다시 한번 거세게 내리치는 소리와 함께

암전.

이것은 하나의 이야기다. 사람이 아니게 된 자가 사람이었던 시절을 떠올리는 이야기. 혹은 사람을 그만두고 싶은 자가 사람을 그만두지 못하는 이야기. 그러나 이것은 하나의 이야기로 좀처럼 묶이지 않는 수많은 이야기다. 유진목의 시에서 수많은 시간은 중첩되고 사건은 분화되는 한편, 개별적 시간들이 전체의 사건을 구성하고, 하나의 사건이 촉발한 수많은 심상이 시집의 전체를 이룬다. 이 역설적인 구조는 그의 시가 느슨하게 연결되는 여러 이야기로 이루어졌기 때문에 가능해진다.

이 시집을 읽은 당신은 아마 시집 전체의 타임라인을 구성해 보기 위해 한 가지 혹은 그 이상의 서사를 구성하며 머릿속으로 몇 번이고 시가 그리는 장면들을 연결지어 보았을 것이다. 하지만 당신은 또한 그것이 어쩐지 좀처럼 명확하게 잘 이어지지 않는다는 것도 알아차렸을 것이다. 그리고 그 어긋남에서 이 시집의 독특한 아름다움이 쏟아져 나오고 있음을 알아차렸을 수도 있겠다.

인간의 시간은 선형적으로 흘러가지만, 우리의 삶은 좀처럼 하나로 잘 꿰이지 않는다. 현재를 살아가는 우리 마음의 어느 부분은 과거에 묶여 있으며, 또한 우리 마음의 다른 부분은 겪은 적 없는 미래를 현실이라 믿기도 한다. 그의 시가 만들어 내는 강렬한 이미지와 정념은 모두 인간의 시간과 우리의 삶 사이의 마찰이 빚어낸 각별하게 아름다운 흔적들이다. "작가의 탄생"이라는 야심 찬 제목은 바로 이 지점에서 가능해진다. 작가란 "잃어버린 시간을 찾아서", 그것을 꿰매고 다시 찢어 버리는 자인 것이다.

전작 『연애의 책』에서 종료된 사랑의 장면을 복기하던 시인은 이제 그 주제를 심화하여 어긋나는 시간과 마음에 대해 말한다. 나는 그의 담백한 문장들 탓에 몇 번이고 마음이 부서져 내리는 것만 같았다. 오지 않은 미래에 대해 서술할 때의 그 가라앉은 목소리가 아득히 먼 곳에서 들려오는 것만 같았고, 종료된 사건을 떠올릴 때의 그 싸늘한 마음이 무엇인지 너무 잘 이해할 수 있었기 때문이다. 읽을수록 새로워지고, 생각할수록 마음이 가라앉는 유진목의 시를 나는 오래도록 사랑하고, 되새기게 될 것 같다.

── 황인찬(시인)

무엇이 작가를 낳았고, 작가는 무엇을 낳는가. 나는 유진목의 시에서 어두운 이미지에 구멍을 내는 언어를 본다. 이 언어로 전사되는 필름에는 태어나지 못한 것으로 인해 태어나는 것들이 있고, 자기가 소멸되고 나서도 자기 아닌 자의 기억 속에서 살아가는 것들이 있다. "우리는 무엇으로 사는가?"라는 물음이 가진 것을 다 주고 나서야 겨우 존속될 수 있는 도시에서의 노동이라는 굴레와 인생이라는 전쟁에 관한 것이라면, '살고 있음'과 반대되는 맥락에서 한 인간을 '살아가게 만드는' 힘은 무엇인가, 라는 질문을 던져 볼 수도 있겠다.

한 인간의 비참이 내장처럼 쏟아지고, 돈이, 사람들이, 세상 모든 존재가, 아니 (아버지가 만든) 세상 그 자체가 나를 죽이려 들 때에, 영혼의 이미지라는 한없이 무력하고 동시에 유력한 은제 총을 꺼내드는 여성.

누군가가 자신의 삶을 얼른 끝내고 싶다면 그러는 것도 좋겠지만, 그럼에도 삶을 계속하게 만드는 힘이 있다면 이 지나간 언어의 장면들이기를, 유진목을 읽으면서 나는 바라지 않을 수가 없다. 하여 언젠가 살고 싶지 않을 당신에게도 부탁하고 싶다. 죽고 싶은 순간이 올 때면 이 말들을 기억하라고. 그리고 시집을 펼쳐 다시 살아갈 힘을 얻으라고.

　—— 송승언(시인)

내일이 어제와 같고 오늘이 내일모레와 같은 폭력적인 생활에 압도된 이가 앞으로 택할 수 있을 삶의 방식은 두 가지로 축약할 수 있을 것이다. 그 패턴이 삶의 전부라고 여기면서 거기에서 낙오되지 않기 위해 애를 쓰거나, 혹은 그 패턴의 지루함을 간파하고 그로부터 일찌감치 빠져나가기 위해 목숨을 걸고 출구를 만들거나. 유진목은 후자를 택할 가능성이 높은 시인이다. 고작 그런 게 생활이고 인간 삶의 전부라면 그런 건 차라리 가혹한 신의 총에 장전되었다가 발사되어 새로 시작할 수 있는 기회를 노리는 총알로 만들어 버리자고 시인은 말하는 것 같다. 온몸을 내던져 뚫은 그 출구가 다른 어디로 이어질지 알 수 없다 해도, 도약을 감행하는 과정에서 이미 지금 이곳의 삶과는 다른 형질의 세계가 만들어지고 있다는 것을 알고 있으므로. 마땅히 과감하게.

그러니까 유진목의 이번 시집에서 거듭 등장하는 시작과 끝은 출구와 입구의 다른 이름이다. 살던 대로 살지 않기 위해 제 삶을 다시 보고, 다시 읽고, 다시 써 나가는 이의 투쟁, 그 지독하고 징그러운 싸움을 기꺼이 상대함으로써 지금 세상이 마취제처럼 투여하려는 자기파괴성을 거부

하고 제 얼굴을 새로이 인식하려는 시도, 끔찍한 재앙과 같이 구는 모든 게 사라져 버렸으면 좋겠다는 생각이 들이닥칠 때마다 무엇이 살고 무엇이 죽어 가는지를 끝까지 노려보려는 이의 악력……으로 쓰이는 출구와 입구, 그리고 시.

이렇게도 말할 수 있을 것이다. 얼굴도 이름도 모르는 신이 모든 무대를 여닫으려 할 때, 그 부당함에 탄환을 쏘아 올려 다른 막을 열고자 하는 여성이 여기에 있다고. 여성은 더 이상 자신이 살아 있는지 신에게 묻지 않는다. 대답하는 권한을 탈환하는 일이 더 중요하기 때문이다. 유진목의 시가 그 자리에서 쓰인다. 유진목은 신보다 더 많이 안다.

— 양경언(문학평론가)

지은이   유진목

1981년 서울에서 태어났다. 시집으로 『연애의 책』 『식물원』,
산문집으로 『디스옥타비아』 『산책과 연애』 등이 있다.

작가의 탄생

1판 1쇄 펴냄 2020년 10월 14일
1판 4쇄 펴냄 2022년 11월 9일

지은이 유진목
발행인 박근섭, 박상준
펴낸곳 ㈜민음사

출판등록 1966. 5. 19. (제16-490호)
서울특별시 강남구 도산대로1길 62(신사동)
강남출판문화센터 5층 (06027)
대표전화 02-515-2000 / 팩시밀리 02-515-2007
www.minumsa.com

ⓒ 유진목, 2020. Printed in Seoul, Korea

ISBN 978-89-374-0895-3 04810
      978-89-374-0802-1 (세트)

민음의 시
목록